KB248487

복숭아나무에게 남긴 유언

복숭아나무에게 남긴 유언

연선옥 시집

책만드는집

| 시인의 말 |

어쩌다가 시조의 텃밭에 들어앉아서 시를 지었다.
몇 번의 계절이 머물다 가는 동안 칠십여 편의 시를 가꾸었다.

나의 시가 자랄 수 있도록 바탕이 되어준 보드라운 흙과 해와 달과 별 그리고 비와 바람에게 감사하다.
그 밖에 내 시가 되어준 세상 모든 진실한 것에게도 감사하다.

이렇게 서둘러 시를 떠나보낸다.
게으르고 부족한 주인이었다.
좀 더 잘 보살펴 주지 못해서 미안하다.

부디 안녕하기를 빈다.

2010년 4월
연선옥

1부

복숭아나무에게 남긴 유언

사포같이 빳빳한 햇살 강을 건널수록

둥글게 사는 법을 배워야 한다는 말

촘촘한 나이테처럼 가슴에 새겨 넣을 때

바람의 뒷주머니에 봉투 하나 찔러주고

자식들 여물게 자라 한 시절 무탈하기를

그 사이 복숭아꽃이 환하게 벙글었던 것

귀한 시간 좀도둑에게 죄다 내주지 말고

먼 곳까지 단내 확! 풍기는 과육을 맺어야지

아버지 복숭아나무에게 남기신 유언이다

어머니의 등

눈여겨볼, 도무지 저뭇한 뼈만 보인다
오늘 하루 온천수로 머리 감고 몸 씻는 날
등 밀면 때보다 먼저 살갗 밀리는 어머니

그 작은 등을 밀어 따뜻한 물 끼얹는 사이
어깨 위에 하얗게 피는 희미한 물안개
일흔의 어머니 뒤로 마흔의 딸이 간다

가난 같은 어둠 한 짐 층층이 지고 와서
둥근 가슴살도 자식처럼 다 빠져나간
용포탕 문을 나서는 구부정 휜 저 낮달

겨울 담쟁이

한 뼘씩 바람을 타다 추락하는 꿈도 꾼다
실금 하나 움켜쥔 손, 그 손을 펴보는 아침
어젯밤 내린 함박눈
어느 길이 또 사라졌을까

포복의 시간만큼 악의는 다 접었다
종일토록 뿌리내리지 못한 아찔한 걸음으로
수 년째 맴도는 자리
차디찬 회벽에 앉아

꼿꼿한 목이 꺾여 바닥으로 흘러내릴 때
가도 가도 끝이 없는, 오늘같이 추운 날
온몸이 얼어붙은 듯
등덜미가 벌겋다

못에 관한 보고

길이 뭉텅 잘려 나간 지하도 그 뒷자리
온몸에 누런 녹을 덧껴입은 가는 허리
또 한 장, 시든 하루를 겹쳐 덮고 누워 있다

첩첩의 벽을 향해 뛰어들던 지난 시간
허방 디딘 천 길 바닥 휘어져 튕겨 나온 몸
제 갈 길 가지 못하고 늪이 된 저 숨소리

살갗엔 스미지 못한 각질이 늘어나고
꿈인 듯이 떠오른 얼굴 소맷귀 들춰보다
세상에 꽂히지 못한 눈빛 총총 말린다

나이

해마다
저지른 허물
이승을 산 배설 무더기

누구도
도굴할 수 없는
죄의
부장품들

내 소유
공동묘지에
썩지 않고 묻혀 있다

그 나무를 보다

툭, 툭 몸 트는 나무 봄이 온 줄 알았을까

잎사귀 햇살 사이로 보폭 한껏 야물다

열여섯 계집아이가 대문 막 열고 간다

하루해 저 그림자 어디로 데려가나

뒷골목 불빛에 비친 속눈썹 붙인 아이

어쩌나! 이상 기온에 꽃이 활짝 피었네

제부도 가는 길

손금인 듯 지나온 날이 하얗게 늙어간다
사는 건 선잠을 털고 날마다 깨어나는 일
한 걸음 내려 걸으면 세상도 저리 넓은가

오뉴월 풀섶 물들인 망초꽃이 눈부시다
햇살 밟고 타오르는 꽃들의 숨찬 걸음
만 갈래, 만 갈래 길이 우우우 일어선다

바람은 늘 목마름의 그 언덕 오르내리고
물너울 손사래 치는 난바다로 향하는가
열두 폭 안개 행렬은 산자락을 따라 돈다

누군가 하늘 가까이 바다를 데려간 시간
무심한 갈매기만 뒤를 따라 날아오르고
오늘도 뭍이 되지 못한 그 섬으로 가고 있다

봄

웃어라,
비웃어라!
나는 이제 바닥을 쳤다

칙칙한 담장 밖으로
빠져나온 출소자

결빙의
형을 다 살고
풀려난 맨몸이다

장마

세상 다 내려쳐도 끝이 없는 긴긴 물타래

하늘 문 크게 열고 허공을 가르는 소리

무모한 저 성깔 좀 보게! 사나흘 그치지 않네

도시의 유리

그가 왜 폭식하는 습관에 젖어 사는지

그 거대한 위장을 채우기 위해 얼마나 더 많은 것을 삼켜야 하는지 아는 이나 말해주는 이는 아무도 없다 다만 그가 지상에 박힌 콘크리트 건물, 틈 하나 허락하지 않는 가파른 생활을 시작하면서 매끈거리는 진한 허기가 밀려왔고 차츰 이것저것 집어삼키는 습관이 생겼을 거라고 소문처럼 분분히 추측만 나돌았을 뿐 무성한 식욕의 입자가 날마다 달려나와 볼모로 잡혀 있는 집을 삼키고 빌딩을 삼키고 바쁘게 걸어가는 익명의 군중들을 삼킨 일과 어느 날은 뒷골목에서 밤마다 피어나는 어린 불꽃도 삼킨다고 했으나 그게 다 꿈이었을, 우리들의 꿈이었으니 아마도 그는 자신을 깨트리지 않으리

단단한 식욕의 벽에서 빠져나오지 못하리라

고백, 혹은 고집

컴컴한 땅속에서
알몸 서로
부대껴 살아도

둥글게 여물다 보면
세상 밖으로
나갈 일 있으리

저렇듯
무정란 같은
감자꽃은
되지 않을래!

보름달

이리 휘고 저리 꺾이는 세상사 다 쓸어안고

천지간 각角을 깨친 만면 환한 저 묵언수행

어둠이 허물어진다, 탈속의 삼백육십 도

매미 경

단 며칠 나뭇가지에
면벽하듯
붙어 앉아서

저 매미 여름 한 편
소리소리 우려낸다

겹겹의
진초록 잎들
생각에 잠기는 듯

지나가던 바람이 잠시
귀 세워 듣는다

사는 건
잠깐의 일
그저 스쳐 갈 뿐이라고

맥없이 풀어진 더위
산지사방 흥건하다

밤의 늪지

가열된 회색 빌딩 사각지대를 떠돌다가
해가 지면 여기저기 흘러 들어와 고이는 물
다 식은 가슴팍 이제 더 내려갈 곳은 없다

직립의 힘, 또 하루 헐한 삶마저 내던진
저 멈춰버린 물줄기는 어디로 터줘야 하나
눅눅한 잠의 나룻배, 고단한 몸을 싣는다

바람인가, 내일로 가는 꿈길을 덮어주는 손
구원의 십자가 멀리 별빛처럼 타오른 밤
그 어깨 잔기침 출렁, 물보라를 일으킨다

2부

오십의 집

적막한 새소리가 한낮을 가로지른다

이어 덮은 지붕이며, 무너진 담장이며

발자국 가득했던 마당 잡초가 무성하다

쓸쓸함의 대문 열고 안으로 들어선다

오래 묵은 장독이며, 아득한 우물이며

감나무 물든 감들이 뒤란에서 익어간다

격포의 밤

성난 발톱을 세워 하얗게 들끓는 바다

타고 남은 숯불 같은 그믐달이 뒤따라오고

선 긋고 색칠한 날들 팽팽하게 당기다가

제 몸에서 일어난 파도 제 몸으로 스미겠지만

깨어져 동여맨 상처 홀로 앉아 빈혈 앓는 밤

능선 위 야윈 저 달도 이 밤을 꿰매고 있나

그 숲에 들면

산벚꽃 흐무진 계곡, 그 숲에 들어서면
나이테 감는 나무들 숨소리 빨라지고
뿌리 끝 심지 돋우어 온몸에 수를 놓는다

각질을 벗고 나와 들썩이는 연초록 물빛
햇살 한 움큼 휘어 감고 까치발 딛고 서서
바람에 흔들리다가, 허공을 기웃거리다,

비로소 제 그림자 우북하게 거느린 숲
등 뒤에 짙붉은 짚단, 한 짐씩 부려놓고
지워질 그 길 찾아서 다시 또 빗장 지른다

어느 봄날

바람이 허리 풀고 긴 자락 끌고 온 날

삐걱이는 대문 열고 밖으로 나가는데

누군가 내건 꽃등이 하루 종일 환하네

툇마루 햇살들을 한 사발 들이켜고

불콰한 얼굴 되어 한 소절 흥얼댄다

담 밖의 환한 꽃등을 훔치고만 싶어지네

민들레

외진 길 눈부신 햇살 정수리로 쏟아질 때

잠깐씩 혼줄 더러 놓은 적도 있었지만

어느새 몸 추스르고 제자리로 돌아온 여자

시속 틈새 비집고 앉아 뿌리 곧게 내리는 일

허명의 골짜기에서 헤맨 적도 있었지만

꿈같이 품은 자식들 노랗게 피어났네

나팔꽃 길을 묻다

가파른 외줄을 타고 밤새워 걸어와서
어깨에 앉은 이슬 툭툭툭 털어내고
내딛은 생의 둘레는 아침 성시成市에 설렌다

군데군데 무릎이 헌 두툼한 꿈을 깨워
한 잎에 한 잎을 덧대 낮달을 감아쥐면
저기 저 푸른 하늘로 숨결 먼저 뻗어간다

바람에 일렁이다 돌아 나온 발자국들
우북한 잎사귀 사이 들앉은 씨방 하나가
등 뒤로 타는 노을에 불꽃처럼 터진다

강

굽은 길 휘어지고 가풀막도 쉬어 넘는
아프게 밀고 밀려 예까지 흘러왔다
저 홀로 내려가는 길 목소리 더욱 깊다

푸른 등 한구석에 안개가 사라진다
가슴에 똬리 튼 고삐가 풀렸는가
지난날 옹친 매듭도 순하게 달아난다

어깨에 실린 햇귀 머물러 출렁이고
날마다 몸 헹구며 가볍게 빛나야지
하늘 끝 수로를 여는 한 세상 멀지 않다

환절기

두꺼운 책갈피에

숨어 있는

그 많은 지문

또 하루 생의 문장을

한 장 한 장

넘기다 보면

소설이 지루해질 때쯤

배경 슬쩍

바뀌는 순간

산수몽괘를 얻다

이 점괘를 얻은 자는 동몽童蒙 같아 미혹되므로……

에굽은 들길에 앉아 산수국이 점을 치네 꽃대 긴 그림자
가 은밀하게 흔들리네 어쩌나! 꽃눈 밖이 환해지는 것이네
지나가던 바람이 잠시 점괘를 훔쳐보다가 저 바람 슬렁슬렁
가던 길 되돌아오네 산수국의 여린 어깨 쓸어내리는 손길하
며 어느새 그 작은 입술 뜨겁게 스치고 나와 아뿔싸! 가는허
리를 나무 뒤로 끌어당기네 주저앉은 꽃잎의 숨결 젖가슴도
스쳤던가 점괘를 다시 보니 결실은 맺지 못한다 하고 갈 볕
에 쪼그려 앉아 잠결에 들었다가

된서리 내리는 날은 떠나야 할 꿈을 꾸었네

간고등어

먼 길 떠날 노자 몇 닢 예비하는 재래시장
조등 같은 백열전구 쓸쓸한 좌판 위로
떼 지은 조문객인 듯 소란스런 어물전

대대로 물결 무늬는 뼈마디로 이어받은 것
짠물에 단련된 생, 시퍼런 멍을 지고
안과 밖 다 비운 끝에 새로 얻은 이름으로

묻지 마라, 염을 친 몸 하얗게 내던진 세상
달구어진 석쇠 위에 의식 마저 치르고
나 이제 그대 숨결로 스며들어 깨어나리라

제부도 다시 와서

그 오래 서성이다 돌아가지 못한 시간
하루 두 번 뭍이거나 섬이 되어 남은 자리
엇갈린 지난 발자국이 모래 위에 수런거리고

물살을 끌어 덮어도 드러나는 시린 발목
바람은 물금 너머 잠든 봄을 부르는지
저 바다 다시 또 길 하나 출렁출렁 토해낸다

움켜쥔 한 줌 꿈이 부두에 나와 서면
두어 뭉치 풀린 삶은 썰물 져 멀리 있고
차라리 별빛 또렷한 어둔 밤이 먼저 온다

산란기 빙어

비수구미* 물길 따라 고대 오르는 거친 호흡
물살에 꺾이는 날은 이 숨 끝내 놓는 걸까
그 남녘 꽃 소식 한창 눈치 없이 올라오고

내명부內命婦 품계 받은 날렵한 궁녀宮女처럼
급류를 거슬러 와서 상류에 몸 풀지만
하룻밤 산통 멎으면 다시 멀리 떠나야 하는,

입 언저리 다 헐은 채 윤기 나는 가슴살도
마지막 숨 몰아쉬며 신열 앓는 은빛 비늘
돌아와 누운 자리에 봄은 또 조문을 온다

* 강원도 화천, 파로호 최상류에 위치한 계곡.

거울처럼

종일토록
소란도,

잔물결 하나
일지 않고

굴절된 시비 분별
먼지처럼 닦아내고

일체의,
물아일체의

너와 나
황홀한 경지

3부

삼월에 내리는 눈

등 곧은 자존의 날, 퍼렇게 날 세우다가
객쩍은 치기에 놀라 생각을 고르다가
봄 오는 길목에서야 너에게 안부 전한다

그때 다 하지 못한 말, 할 말 또 남았는데
바람에 긁힌 상처를 저 눈이 덮고 있다
그 무슨 용서치 못할 세상일이 있겠느냐

한목숨 궁굴리다 보면 역정도 늘겠지만
만삭의 먹구름 종일 난산을 치르나 보다
하늘 끝 가벼워져서 삼짇날 곧 오지 않겠니?

염전에 들다

잇몸 다 드러내고 철썩이며 들먹인 어깨
얼마를 닦고 대껴야 흰 뼈 되어 만날 건가
투명한 허물을 끌고 여기까지 흘러온 지금

남은 상처 자투리를 누가 또 들여다보나
떠밀리고 넘어지다 등에 감긴 푸른 멍울
한 걸음 이어 달린 길, 그 길 하나 밀고 와서

낮은 데로 에돌아 와 오랜 날 빗장 잠그고
옮겨 앉은 짭짤한 바다 거친 숨 몰아쉬면
바람결 다듬고 벼려 스스로 낮추는 키

어디쯤 붙잡지 못한 잔별 죄 쏟아지고
햇빛 가득 그러모아 제 가슴에 피는 꽃들
몸 바꿔 떠나고 있나, 비탈진 세상을 향해

석모도 갈매기

허공에 피어오른

저 많은 깃털들

그 누구의 포로인가 떼 지어 따라오네

옹색한 뱃전에 꽂혀

해종일 펄럭이네

커피 자판기

불빛 깜박, 짧은 순간 거래는 끝이 났다
　하루에도 몇 번씩 뜨거운 몸을 파는 그녀를 헤프다고 말
하는 이 누구인가 대낮이나 한밤중이나 인적 드문 새벽녘이
나 찾아온 손님에게 친절히 몸 내어주는 그녀의 존재 방식
을 누가 또 말하는가 입맛대로 불러내어 애무하며 즐기다가
입술이 닿을 때마다 오르가즘 느끼다가 다시 온다 말도 없
이 뒤돌아 떠나가도 애절한 눈빛 한 번 보낼 줄 모르는 그녀
기리로 나온 그녀를 누가 다시 말하는가
　어쩌면 한물에 들어 첨벙거리며 사는 세상!

청자상감호랑나비

-애벌레의 꿈

언 발 다시 새살 돋고 꽃샘추위 가파른 봄
말간 숨 새겨 넣으면 진흙별도 눈을 뜰까
결 고운 아슬한 꿈을 흙매질로 다잡습니다

탱자나무 가시울타리 잔잎 위에 엎드린 마음
문밖에는 내일처럼 다음 생이 기다린다고
바람이 전하는 그 말, 연방 허물 벗어내며

불심 깊은 한 여자의 자궁 같은 집 한 채
발목뼈 결기를 세워 벼랑 끝 기슭을 돌아
비색의 하늘을 훨훨 날아오르는 나비, 나비

봄, 수리산修理山

주춤대던 그 길목에 터져버린 붉은 꽃망울
남은 햇살 골짜기 따라 저만큼 다가오면
한가득 풀빛을 지고 내려오는 산 그림자

알맞게 쏟아지는 그 빛 한 입 베어 문다
땅 깊은 소식들이 가지 끝에 흔들리고
단숨에 푸른 물결은 발목을 휘감는다

등 굽은 늙은 소나무, 걸터앉은 바람 소리
여린 잎 뽀얀 속살 또 한 걸음 다가서고
어느새 봄비는 와서 비탈길을 닦는다

개심사에서

봄 한발 먼저 와 있는 개심사 이른 아침
대웅전 촛불에 비친 부처 얼굴 고요하다
먼동을 불러 모으는 속 비운 목탁 소리

퍼붓는 햇살 보시 묵은 산이 환하다
절 아래 계곡물 소리 경문 외듯 흘러가고
피안이 궁금한 눈빛 만발한 산벚꽃

굽은 길 골짜기 따라 찾아온 보살들
갈망의 몸 낮추고 바닥에 맞닿은 이마
마음 문 열어젖히면 사방이 길이 되는가!

밀물

가쁜 숨 몰아쉬며 하얗게 밀려온다

화간이 허락된 길 가지런히 눌러놓고

마른 몸 아랫도리로 자르르 달려든다

그 잠시 얽혀들어 끝과 끝이 마주하면

촘촘한 맥박 소리 혈관마다 풀어지고

시퍼런 바다짐승은 물비늘을 삼킨다

구부러진 못

냉정하게 깎아지른 벽
수직의 틀에 갇혀

　간수기 진한 눈물 질금거리며 살던 여자가 삼팔광 보름달을 날마다 따러 가서 온종일 오지 않는 산두목 같은 사내 기다리다가 별빛 푸른 깊은 밤 내 인연의 끈 놓아버리고 아무도 몰래 달아나고 싶은 생각 들이칠 때 한바탕 분탕질 치는 그 마음 꺾고 또 꺾다가 반쯤 열린 청대문 내다보는 습관 접고 질척한 한평생 두 눈 질끈 감고서 가슴에 안은 발자국 홀로 키워 다 여윈 여자가 입성 허름한 몸뻬 바지 하나로 바람 부는 먼 들판 휘돌아 온 추운 겨울

　세월에 허리 푹! 꺾여
몸져누워 앓고 있다

은빛 물살

땅속 길 질러와 찰랑거리는 무희인가
실핏줄 곤추세우고 질펀하게 흘러가다
이따금 시린 손 들어 말갛게 춤을 춘다

속살 환히 얼비치는 아지랑이 기별 끝에
찾아온 늦은 봄비, 새초롬히 사라진다
자욱한 안개 뒤에서 뒤척이는 은빛 물살

세상 물길 낮은 데로 달려와 발 담그는
잠 깨는 파도마저 입적入寂에 든 먼 바다
얼마나 절며 걸어야 이 결박에서 풀려날까

비탈진 산 그림자 휘적시다 출렁이고
끊기지 않는 인기척 머무는 샛강에는
뒤돌아 멈추지 못한 목마른 저 웃음소리

고비를 가다

고비를 여행하는 단 하나의 방법을 혹,
아는 이가 있다 해도 나는 혼자 가리
그늘도 보이지 않는 억만년의 길을 물어
마른 골짝 어디쯤에 갸륵한 싹을 틔워
돌풍에 흔들리는 어린 파꽃을 만나면
사막은 떠난 사람을 다시 부르지 않는다고
어떤 이는 모래알에서 자신을 발견하고
어떤 이는 낮달에 비친 외로움을 보겠지만
그 많은 세상 비유도 고비를 다 말 못 하리
다가서면 멀어지고 또 멀어지는 지평선
반짝이는 별무리도 저 허공을 걸었으리라
누구나 발목 빠지다 돌아가는 이 언덕

성묘

밑동부터 길을 꺾어 사방으로 뻗어나갔다

쓴 환약을 삼킨 듯 뒤틀린 줄기도 있고

생송진 흘러내리는 끈적끈적한 냄새도 난다

마지막 낙관을 찍듯 봉분 하나 남긴 당신

저마다 나이테만큼 풍진 소식 가슴에 묻고

찾아와 안부 전하는 도래솔 같은 그 자식들

모자이크

포갬 포갬
이어 붙여온
내 삶도
그러했겠지만

자벌레
한 걸음씩
절명의 틈
메워왔듯이

사는 게
한 조각임을
알아도
참
알 수가 없네

가을걷이

귓불 붉은 세상 밖에서 구르던 바람꽃이
지친 발목 끌고 와 그 길 위에 눕는다
먼 곳의 산봉우리도 울긋불긋 다가오고

으능나무 살찐 열매 발등에 툭! 떨어지고
짙푸르던 나뭇잎이 서둘러 단풍 든다
숲에는 새들이 날고 길 하나가 일어선다

밤이면 별떨기가 다시 피어서 아름다울까
총총한 저 하늘에도 어둠은 자라겠지만
너에게 가는 이 하루, 치마폭에 가을 거둔다

조등

햇볕 출렁 흔들리는
한바탕 꿈이었을까

지상에 머문 흔적
마지막 등 밝혀놓고

그 어느
한 많은 손이
강물 다 건넜구나!

4부

숨 쉬는 돌

—미륵사지
길고 긴 세월의 무게 견디다 사라진 절집
평평한 주춧돌 여기, 별처럼 박혀 있네
한 집안 떠받치다 가신 아버지 그 어깨가

—징검다리
무시로 밟고 가는 흰 달빛 다 받아주고
이편에서 저편으로 등을 밟고 건널 때마다
어머니 냇물에 앉아 잠들지 못한 한평생

이별의 흔적

먼 길에서 돌아와 열쇠를 밀어 넣는다

이게 네 짝이라고 변함없는 사이라고 이리저리 돌리면서 사인을 보내는데 툴툴툴 자물쇠가 말썽을 부린다 다시 한번 조심스레 열쇠를 밀어 넣고 낚시꾼처럼 손가락 끝에 촉각을 세우는데 대체 네가 누구냐는 듯 딴청을 피운다 어느 쪽의 고장인지 아무래도 알 수 없고, 해서 나 자물쇠를 말없이 들어냈다 깨끗이 떼어내어 쓰레기통에 버렸다

서로가 겉도는 것이 끝내 문은 열리지 않고

석주石柱

이를테면 반쪽의 사내 같은 종유석과

곰 같은 석순이 동굴 안에 들앉아서

수억 년 골수를 녹인 말씀 가만 듣다가

가슴의 어느 벼랑을 타고 오른 그리움인지

공극의 세월을 건너 뭉긋이 껴안은, 하나

누구나 제 그늘에는 기대 쉴 수 없었으리

파도

갈래갈래

일어서 오는

저 많은 겹주름

달려도,

달려가도

그대 마음 해안선

끝끝내

넘지 못하고

돌아서는 발자국

성냥개비

장미가 가시 사이로 얼굴 뽀족 내민다
봄 한철 흐드러지게 놀고 간 저 자리에
무언가 잊어버린 듯 다시 돌아와 앉는다

국화가 피는 계절 슬며시 넘어와서
한 자리 차지한 불꽃 심사가 궁금하다
때 없이 화들짝 타는 그 음모가 수상하다

이 품에서 저 품으로 요염하게 건너다니다가
민머리 부딪쳐서 원 없이 불 내지르고
늦가을 마지막 염문, 터트리고 싶었을까

칠부능선

제 몸이 일군 그늘 거느리고 서 있는 나무
적요한 숲, 뿜어져 나온 공기가 상쾌하다
점잖은 침묵으로만
일관하는 산을 오른다

갖은 풍상 다 겪은 달관의 노인 같은
세상사 있는 그대로 받아들이는 장부 같은
어딘가 산 같은 사람,
있을 것 같아 두리번댄다

한 발 한 발 오르다 보면 정상에 가 닿겠지만
칠부능선 이쯤에서 늘 돌아가는 까닭은
과묵한 그 품에 그만
허물어지고 싶은 것이다

칠부능선

가을 산

알밤이 앞다투어
풀숲으로 뛰어내린다

골짜기 따라 흐르는
졸졸졸 물경 소리

붉은 잎, 나뭇가지들
고개를 끄덕일 때

도토리 주워 가던
비탈길 작은 다람쥐

인기척에 놀랐는지
화들짝 달아난다

꿩꿩꿩 장끼 한 마리
날아오르는 가을 산

연기緣起

처음 우리 과녁 없이 활시위를 떠난 화살

팽팽한 시간 열차는 쉬지 않고 달려가지

산 같은 어떤 하루가 등짝을 떠미는 그날

앙금처럼 주저앉아 내 몸을 이룬 것들

구름은 빗물이 되고 나무가 되고 새가 되고……

단 한 번 피었다 지는 붉은 꽃 그늘 아래

한사리 물때

한평생 하류로만 내려가는 삶도 있다
들숨과 날숨 사이 한 발 한 발 내디딘 걸음
갈필의 그 그림처럼 빈 배 몇 척 떠 있고

겹겹의 물무늬마다 앞다퉈 달려온 포구
애운함도 흰 물꽃처럼 꺾여 나간 절벽 아래
따개비 바위에 붙은 남은 길이 누긋하다

한사코 금줄을 친 수평선 저 먼발치에
간물 밴 개어귀를 쓰다듬다 어루만지다
까무룩! 뭍을 더듬는 만조의 물결, 아버지

한여름 밤에

깊은 밤을
껴안고

잠들지 못한
풀벌레들아!

사랑을
놓쳤느냐

마음을
베였느냐

나조차
나를 가질 수 없는

길 위에서
나도
운다

한여름 밤에

제일 큰 그릇

유리그릇 옹기그릇 스텐그릇 플라스틱그릇……

포개지고 엎어지고 부딪치고 깨지고 세상은 오롯이 그릇
들의 전시장이다 왼쪽이니 오른쪽이니 목덜미에 핏대 세우
다 한쪽 굽이 기우뚱 닳아 보기 딱한 그릇도 있고 굽이 높다
고 다 큰 그릇도 아니고 굽이 낮다고 또 작은 그릇도 아니더
라 내 안을 비운 그릇이 제일 큰 그릇이라면

신성한 전 재산 내놓은 밥장사 그 할머니

목련

가슴 활짝
풀어 헤친
성급한 저 바람기
까르르
터진 웃음
실오라기 하나
걸치지 않고
질펀한
햇살 품으로
한바탕
뛰어드네

나는 렌탈족

탁발하듯 얻은 일자리 이 저녁 돌려주고
어쩌자고 내일로밖에 갈 곳이 없었을까
마주친 모퉁이처럼 우리가 살던 보금자리

노르웨이 누군가에게 간절했을 어두운 밤
널 사랑한다 말했지만 덩그런 침묵만이
내 몸도 사는 동안 잠시 빌린 거라 했던가

들이마신 숨조차 내보내야 하는 법이지만
빈손으로 온 사람들 또 그렇게 떠났을 테니
나 그래 네 마음 빌려 아무렴 즐거웠다

월식

비바람에 씻기지 않고 남은 글씨, 지뢰 조심
말랑한 탯줄을 묶어 던져놓은 흉터 같은
북쪽도 남쪽도 아닌 그 누구도 갈 수 없는 곳

구멍 뚫린 녹슨 기차 타고 앉은 사마귀
애초에 우리가 무슨 잘못을 한 것인가
타국의 이념에 물든 저 달이 해를 가렸나

칡넝쿨 엉금엉금 넘어오고 넘어갔을까
아는지 모르는지 철책 위를 나는 새
총을 멘 신병의 어깨, 초소 안이 어둡다

화수분

그 여름
휩쓸고 간
폭풍의 상처
다 지우고

돌아온
가을 들판

방명록에
이름 올리면

어머니
단련된 자식
미련 없이
등을 민다

5부

수박씨

숨죽인
아찔한 순간

칼날 아래
엎드렸다

한여름 천지개벽
달콤한 속 베어 먹고

퉤퉤퉤
내뱉은 씨앗
살아
널
증언하리라

매화노루발풀

청상과부 그 외숙모, 누구를 따라갔는지
타관 땅 떠돌다가 잊힐 듯 바람에 실려
날아든 소식 들으면 떠오르곤 했었다

어머니는 혈육 같은 그녀가 보고 싶어서
강화에서 배를 타고 수소문 끝에 찾아간 섬
햇볕도 잘 들지 않는 산기슭에 발을 묻고

세월에 둥글어진 잎사귀는 주름투성이
벌 나비 찾아들까 고개를 푹 숙인 채
저녁 해 돌아와 눕는 보름도에 살고 있었다

가시박*

어느 핸가 흘러 들어온 발자국 큰 저 잎사귀
그 섬의 버드나무 몇 그루째 덮쳤다지
하룻밤 천 리를 가는 욕망 같은 자웅동체

연한 꽃잎 수수함 뒤로 감춰놓은 어제 일들
어깨를 타고 올라가 다정한 척, 함께 사는 척
햇살 다 앗아 간 채로 몸집 저리 살찌우고

어둑한 그늘 아래서 들려오는 신음 소리
버티다 몸부림치다 쓰러져 간 들풀들
지난밤 쑥부쟁이도 하늘 길로 떠났다지

* 외래종으로, 다른 식물체를 타고 올라가 광합성을 방해하여 고사시킴.

오래된 항아리

우물가 장독대에
금이 간 항아리 하나

산 그림자 깔고 앉은
오금이 저린 저 표정

누구를 기다리는지
대문 활짝 열어놓고

장 담가 곰삭혀 낸
튼실한 기억의 한때

아랫배 볼록한 허리
윤기마저 거둬 간 세월

노모의 텅 빈 몸에는
바람이 살고 있는 듯

한라산에서

된 가슴 담금질 삼아 산문 열고 들어선다
온몸을 치는 바람, 죽비나 되는 듯이
제 그늘 뒤축을 밟고 비탈에 선 나무들

사는 일 등짐 지고 몇 굽이 돌아서면
구름은 산을 더듬어 다시 산을 넘는다
너 또한 멀리 있는 것 그리워하며 살았으리

그 홀로 가슴 삭일 일 얼마나 쌓였는지
깊이 팬 웅덩이 하나 끌어안은 봉우리
백록은 보이지 않고 안개만 붐비고 있다

먼 곳의 나무

내가 가끔 찾아가는 개오동이 거기 있네

멀리 남쪽 어느 마을에 사는 나무 외딴곳에 줄기 세우고 뿌리만큼 깊은 사연과 수수한 잔가지 잎 떨구고 밤이 되면 별빛 서성이다 잠드는 그 나무 그늘 아래 서 있네 동굴 같은 꿈속을 들여다보네 아무것도 의심하지 않고 아무것도 서두르지 않는 나무 어떤 날은 산처럼 편안하고 어떤 날은 낮달처럼 슬펐네 제 뜻대로 늘어뜨린 그 많은 나뭇가지에서 한 생애를 길어 올린 고단한 물관에서 잘 여문 소리 한 소절씩 흘러나오는, 나무는 그림자 거느리고 묵묵하게 마지막 계절을 밟고 들판에 서 있네

아래로, 아래로 흘러 뿌리 끝에 닿고 싶은 한때

투계

먹장구름
하늘 가득
적의가
이글거린다

부딪쳐
맞장 뜬 찰나
허공을
할퀴는 소리

한순간
내려친 불꽃
대가리 먼저
처박는다

낙타

그 밤의
신기루처럼

반짝이는
네온사인

가뭇한
오아시스 찾는

메마른 언덕
시지포스

궤도를
이탈할 수 없지

단단한
혹의 내력

달맞이꽃

바람이 지날 때마다
온몸 흔들렸겠지

아프도록
맑은 햇살
눈부서
숨어 울다가

어둠 속
몰래 한 사랑,
달빛 젖어 피었겠지

고뿔

-어떤 사건

창궐한 바이러스
전신을 집어삼킬 듯

화염 바다 부려논 몸
신열 확! 번져버렸네

그 새벽 타오른 열꽃
그림자 끝내 거두어 갔지

폭언

치명적인
독을 품고

우리 밖으로
뛰쳐나가

아무도
돌아오지 않는다

동반 자살을
했나 보다

한 마리
용이 되기 전,

사라져버린
이무기

자화상

들불이
빠르게 타는
그 세월
밭두렁에서

부대끼며
까칠한 생
온몸에
날 세우고

바람에
멱살 잡힌 채
하늘만
그어댄 갈대

십이월

발 시린
무덤가에
또 하루
하관 마치고

찬바람 웅크리고 앉아
떠난 사내 못 잊어 울던

아무도
잡지 못하는
그 여자
가고 있다

―모든 위대한 것은 수련의 결과다. 세상에 훈련 없이 놀라운 것을 얻을 수는 없다. 신념은 기적을 낳고 훈련은 명인을 낳는다.

―가장 위대한 예술가도 한때는 초심자였다.

―사람에게서 문장이 나오는 것은 풀이나 나무에 꽃이 피는 것과 같다. 성실한 뜻과 바른 마음으로써 뿌리를 북돋우고 독행 수신으로써 줄기를 안정시키고 경전과 예를 깊이 연구함으로써 진액을 빨아올리고 널리 듣고 아름다움을 떠나지 않음으로써 잎과 가지를 퍼지게 한다. 문장은 밖으로부터 가져오지 못한다.

―흥미 있는 인도의 전설
창조주가 남자를 다 만들었을 때, 그는 뭔가 단단한 성분을 다 써버렸다. 여자를 만드는 데 쓸 수 있는 견고하고 든든한, 딱딱한 것은 하나도 남아 있지 않았다. 한참을 생각하다가 다음의 것들로 여자를 만들었다. 달의 둥그럼, 포도 넝쿨의 유연함, 풀잎의 흔들림, 그리고 갈대의 가냘 픔, 꽃들의 어우러짐, 이파리의 살랑거림과 햇살의 은은 함, 구름의 눈물과 바람의 변덕스러움, 토끼의 겁 많음과 공작의 허영, 새 가슴의 보드라움과 다이아몬드의 강인 함, 꿀의 달콤함과 호랑이의 잔인함, 불의 타오름과 눈의 차가움, 까치의 수다스러움과 나이팅게일의 노래, 두루미 의 부실함과 어미 사자의 충실함, 이 모든 것으로 창조주 는 여자를 만들었다.

—용서엔 아픔이, 사랑엔 희생이, 봉사엔 수고가 따른다.

—오, 황금이여! 검은 것도 희게, 늙은 것도 젊게, 추한 것도 미로, 비겁도 용기로, 악도 선으로, 천한 것도 고귀하게 만들 수 있지. 오, 신이여!

—여자는 포도나무와 비슷하다. 자기 혼자서 서 있을 수도 살 아갈 수도 없을 것이다,라는 말에 해당하는 여자도 있다.

—니체는 모든 책 중에서 오직 저자가 피로 쓴 책만을 사랑 한다고 말했다. 피로써 써라. 그러면 피가 정신이라는 것 을 깨닫게 된다고 말했다.

─네 하루가 행복하고 싶으면 이발을 해라. 네 일주일이 행
복하고 싶으면 말을 사라. 네 한 달이 행복하고 싶으면 자
동차를 사라. 네 일 년이 행복하고 싶으면 결혼을 해라.
네 일생이 행복하고 싶으면 정직해라.

─인간의 마음은 사사건건 끼어들어 문제를 일으킨다. 마음
은 사물과 다른 상태로 존재하기를 기대하기 때문이다.
인간은 존재계의 여여함을 인정하지 않는다. 인간은 모든
것이 자신의 의사대로 되기를 바란다. 존재계를 자신의
의사대로 바꾸려는 것, 이것이 모든 불행의 근본이다. 그
대는 어떻게 하면 자신의 관념대로 사물을 조정할 수 있
을까 하는 생각으로 가득 차 있다.

─세상에는 사회적 지위는 높으나 정신적 지위가 낮은 사람
이 있는가 하면, 사회적 지위는 낮으나 정신적 지위가 높
은 사람이 있다.

─애정 없는 비판은 비판이 아니고 비난이다.

─위대하다고 한 말은 무슨 대단스레 출세한 정치가나 혹은
군인의 위대함을 말한 것은 아니다. 그들은 인물 자체라
기보다는 오히려 그들이 차지하는 지위에 따라 뽐내는 것

에 지나지 않는다. 그러므로 사정이 한번 바뀌면 그런 위
대함이란 퍽 평범하게 되어버리고 만다. 관직을 떠난 재
상은 한낱 수다스런 수사가에 지나지 않고, 또 퇴역 장군
은 작은 읍의 인품 좋은 늙은이에 지나지 않는다.

—프랑스인은 더럽다는 욕을 큰 수치로 여긴다. 독일인은
게으르다는 욕을 큰 수치로 여긴다. 영국인은 신사 숙녀
답지 못하다는 욕을 큰 수치로 여긴다. 미국인은 비겁한
놈이라는 욕을 들을 때 참을 수 없는 분노를 느낀다. 우리
는…….

—세상만사는 양이 있어야 음이 있고, 그것이 조화를 이루
어야 순리로 풀리는 법인데, 양은 양만 옳다고 하고 음은
음만 옳다고 하니 갈수록 꼬이고 얽힐 수밖에. 예로부터
이런 세상을 난세라고 했고 난세에는 넓은 뜻을 가진 사
람은 살기 어렵다.

—사랑받는 사람의 아홉 가지 공통점
완고하지 않은 사람, 무리가 없는 사람, 무리하게 요구하
지 않는 사람, 기다릴 수 있는 사람, 혼자서도 즐길 수 있
는 사람, 지난 일은 잊어버리는 사람, 넘어져도 다시 일어
나는 사람, 의지가 되는 사람, 다른 사람을 높여주는 사람.

─어떤 사람은 세월에서 너그러움의 미덕을 배우고 어떤 사
  람은 세월에서 아집의 인색함을 배운다고 한다.

─그대가 만약 한 사람을 소유하고 싶다면 그 사람과 마음
  으로 조화하는 방법을 터득해라. 그대가 만약 만천하를
  소유하고 싶다면 만천하와 마음으로 조화하는 방법을 터
  득해라. 그리고 희생이 조화의 지름길임을 명심하고 기꺼
  이 희생을 꿈꾸는 사람이 돼라.

─양심이야말로 우리가 갖고 있는 것 가운데 유일하게 매수
  가 안 되는 것이다.

─마음은 훌륭한 것도 거룩한 것도 더러운 것도 치사한 것
  도 아니므로 상황에 따라 일어났다 사라질 뿐이다. 마음
  이 일어나는 것은 자기의 주관 때문이다. 나의 편견, 나의
  고정관념, 나의 분별의 잣대가 좋다는 마음을 만들어내기
  도 하고 싫다는 마음을 만들어내기도 한다. 마음이 일어
  났다 사라지는 것을 거울처럼 들여다보고 노예처럼 끌려
  다니지는 마라.

─예술이란 정서의 표현이며 정서란 뭇사람에게 통하는 언
  어를 말하는 것이다.

―금전이란 제육감第六感과 같은 걸세. 그게 없으면 나머지
오감五感도 도저히 온전하게 쓸 수가 없어. 적당한 수입이
라는 게 없으면 인생은 가능성의 절반으로부터 내돌림을
당하는 거나 마찬가지야. 세상 사람들은 가난이야말로 예
술가에 대한 최상의 자극이란 따위의 소리를 곧잘 하지.
그런 자들은 아직 가난의 칼날을 제대로 육체에 느껴본 적
이 없는 친구들이야. 그렇다고 부자가 되기를 바라는 건
아니야. 다만 인간으로서의 위엄을 유지하고 마음 놓고 일
할 수 있으며 너그럽고 대범하게 그리고 독립된 인간으로
서 살아갈 수 있을 만한 것을 바라는 거야. 작가든 화가든
나는 오로지 예술만을 위해서 먹고 살아가는 사람을 진심
으로 안됐다고 생각하네.

―절반의 진실은 거짓보다 위험하다.

―논리적인 인간은 세상에서 가장 초라한 인간이다. 삶은
논리로만 이루어진 것이 아니라 사랑으로 이루어져 있기
때문이다. 그런데 사랑은 비논리적이다. 삶과 인생의 아
주 적은 부분만이, 표현의 표상적인 부분만이 논리적이
다. 삶은 깊이 들어갈수록 점점 더 비논리적인 영역이 된
다. 더 정확하게 표현한다면 초논리적이 된다.

─만족을 연기하지 마라. 그러지 않으면 그대는 결코 만족
하지 못할 것이다. 지금 여기가 아니면 어디에도 만족은
없다.

─산을 오르는 등산로는 무수히 많다. 그러나 최고 높은 봉
우리는 오직 하나뿐이다. 이 세상에 존재하는 종교는 무
수히 많이 있다. 그러나 우리를 다스리는 신도 역시 한 분
뿐이다.

─이 세상에서 가장 친한 벗은 누구일까? 아마도 그것은 나
자신이며 이 세상에서 가장 나쁜 벗도 나 자신이리라. 나
를 구할 수 있는 힘도 나 자신 속에 있으며 나를 타락으로
이끄는 나쁜 칼날도 나 자신 속에 있다.

─우리가 말하는 음파는 허공에서 사라지지 않고 떠돈다.

─우리 육체가 정원이라면 의지는 정원사랄까. 그러니 쐐기
풀을 심든 각종 풀을 섞어 심든 게을리 묵히든 또는 거름
을 주어 부지런히 가꾸든, 아무튼 이렇게 하든 저렇게 개
선하든 만사 다 우리의 의지에 있지. 인간은 저울과 같아
서 욕정의 저울판과 균형을 취해주지 않는다면 비열한 본
능에 사로잡혀 비참한 최후를 맞고 말지. 그러나 다행히

도 이성이라는 것이 있어서 육욕의 유혹이며 방종한 색욕 따위를 식힐 수가 있거든. 그러니 자네의 그 애정이라는 것도 결국 그런 욕망의 새순 같은 거라네.

―누군가를 사랑한다는 것은 우리의 인생 과업 중에서 가장 어려운 마지막 시험이다. 다른 모든 일은 그 준비 작업에 불과하다.

―"신의 왕국에 들어가려면 어떻게 해야 합니까?"
예수가 말했다.
"그대가 죽지 않는다면 아무 일도 가능하지 않으리라. 신의 왕국에 들어가려면 먼저 그대가 죽어야 한다. 지금의 그대를 죽여야 하리라. 그래야만 내면의 존재로 다시 태어날 수 있을 것이다."

―모든 순간이 다 결정적인 순간이다.

* ps. 위의 글은 여러 권의 텍스트에서 발취한 내용으로, 일일이 주석을 달지 않은 점을 밝힌다.

복숭아나무에게 남긴 유언

초판 1쇄   2010년 5월 13일
지은이   연선옥
펴낸이   김영재
펴낸곳   책만드는집

주소   서울 마포구 합정동 428-49번지 4층 (121-887)
전화   3142-1585·6
팩스   336-8908
전자우편   chaekjip@chol.com
출판등록   1994년 1월 13일 제10-927호
ⓒ 연선옥, 2010

* 이 시집은 문화예술진흥원 창작 지원금을 지원받아 제작하였습니다.

ISBN 978-89-7944-333-2 (03810)